Honoré De Balzac

La Grenadière

Texte et illustration de couverture : © domaine public
Edition : Culturea (Hérault, 34)
Contact : infos@culturea.fr
Retrouvez notre catalogue sur http://culturea.fr
Imprimé en Allemagne par Books on Demand
Design typographique : Derek Murphy
Layout : Reedsy (https://reedsy.com/)

Dépôt légal : janvier 2023

ISBN : 9791041921621

Table des matières

À CAROLINE,

À la poésie du voyage, le voyageur reconnaissant,

DE BALZAC.

La Grenadière est une petite habitation située sur la rive droite de la Loire, en aval et à un mille environ du pont de Tours. En cet endroit, la rivière, large comme un lac, est parsemée d'îles vertes et bordée par une roche sur laquelle sont assises plusieurs maisons de campagne, toutes bâties en pierre blanche, entourées de clos de vigne et de jardins où les plus beaux fruits du monde mûrissent à l'exposition du midi. Patiemment terrassés par plusieurs générations, les creux du rocher réfléchissent les rayons du soleil, et permettent de cultiver en pleine terre, à la faveur d'une température factice, les productions des plus chauds climats. Dans une des moins profondes anfractuosités qui découpent cette colline s'élève la flèche aiguë de Saint-Cyr, petit village duquel dépendent toutes ces maisons éparses. Puis, un peu plus loin, la Choisille se jette dans la Loire par une grasse vallée qui interrompt ce long coteau. La Grenadière, sise à mi-côte du rocher, à une centaine de pas de l'église, est un de ces vieux logis âgés de deux ou trois cents ans qui se rencontrent en Touraine dans chaque jolie situation. Une cassure de roc a favorisé la construction d'une rampe qui arrive en pente douce sur la *levée*, nom donné dans le pays à la digue établie au bas de la côte pour maintenir la Loire dans son lit, et sur laquelle passe la grande route de Paris à Nantes. En haut de la rampe est une porte, où commence un petit chemin pierreux, ménagé entre deux terrasses, espèces de fortifications garnies de treilles et d'espaliers, destinées à empêcher l'éboulement des terres. Ce sentier pratiqué au pied de la terrasse supérieure, et presque caché par les arbres de celle qu'il couronne, mène à la maison par une pente rapide, en laissant voir la rivière dont l'étendue s'agrandit à chaque pas. Ce chemin creux est terminé par une seconde porte de style gothique, cintrée, chargée de quelques ornements simples mais en ruines, couvertes de giroflées sauvages, de lierres, de mousses et de pariétaires. Ces plantes indestructibles décorent les murs de toutes les terrasses, d'où elles sortent par la fente des assises, en dessinant à chaque nouvelle saison de nouvelles guirlandes de fleurs.

En franchissant cette porte vermoulue, un petit jardin, conquis sur le rocher par une dernière terrasse dont la vieille balustrade noire domine toutes les autres, offre à la vue son gazon orné de quelques arbres verts et d'une multitude de rosiers et de fleurs. Puis, en face du portail, à l'autre extrémité de la terrasse, est un pavillon de bois appuyé sur le mur voisin, et dont les poteaux sont cachés par des jasmins, des chèvrefeuilles, de la vigne et des clématites. Au milieu de ce dernier jardin, s'élève la maison sur un perron voûté, couvert de pampres, et sur lequel se trouve la porte d'une vaste cave creusée dans le roc. Le logis est entouré de treilles et de grenadiers en pleine terre, de là vient le nom donné à cette closerie. La façade est composée de deux larges fenêtres séparées par une porte bâtarde très-rustique, et de trois mansardes prises sur un toit d'une élévation prodigieuse relativement au peu de hauteur du rez-de-chaussée. Ce toit à deux pignons est couvert en ardoises. Les murs du bâtiment principal sont peints en jaune ; et la porte, les contrevents d'en bas, les persiennes des mansardes sont vertes.

En entrant, vous trouverez un petit palier où commence un escalier tortueux, dont le système change à chaque tournant ; il est en bois presque pourri ; sa rampe creusée en forme de vis a été brunie par un long usage. À droite est une vaste salle à manger boisée à l'antique, dallée en carreau blanc fabriqué à Château-Regnault ; puis, à gauche, un salon de pareille dimension, sans boiseries, mais tendu d'un papier aurore à bordure verte. Aucune des deux pièces n'est plafonnée ; les solives sont en bois de noyer et les interstices remplis d'un torchis blanc fait avec de la bourre. Au premier étage, il y a deux grandes chambres dont les murs sont blanchis à la chaux ; les cheminées en pierre y sont moins richement sculptées que celles du rez-de-chaussée. Toutes les ouvertures sont exposées au midi. Au nord il n'y a qu'une seule porte, donnant sur les vignes et pratiquée derrière l'escalier. À gauche de la maison, est adossée une construction en colombage, dont les bois sont extérieurement garantis de la pluie et du soleil par des ardoises qui dessinent sur les murs de longues lignes bleues, droites ou transversales. La cuisine, placée dans cette espèce de chaumière, communique intérieurement avec la maison, mais elle a néanmoins une entrée particulière, élevée de quelques marches, au bas desquelles se trouve un puits profond, surmonté d'une pompe champêtre enveloppée de sabines, de plantes aquatiques et de hautes herbes. Cette bâtisse récente prouve que la Grenadière était jadis un simple *vendangeoir*. Les propriétaires y venaient de la ville, dont elle est séparée par le vaste lit de la Loire, seulement pour faire leur récolte, ou quelque partie de plaisir. Ils y envoyaient dès le matin leurs provisions et n'y couchaient guère que pendant le temps des vendanges. Mais les Anglais sont tombés comme un nuage de sauterelles sur la Touraine, et il a bien fallu compléter la Grenadière pour la leur louer. Heureusement ce moderne appendice est dissimulé sous les premiers tilleuls d'une allée plantée dans un ravin au bas des vignes. Le vignoble, qui peut avoir deux arpents, s'élève au-dessus de la maison, et la domine entièrement par une pente si raide qu'il est très-difficile de la gravir. À peine y a-t-il entre la maison et cette colline verdie par des pampres traînants un espace de cinq pieds, toujours humide et froid, espèce de fossé plein de végétations vigoureuses où tombent, par les temps de pluie, les engrais de la vigne qui vont enrichir le sol des jardins soutenus par la terrasse à balustrade. La maison du closier chargé de faire les façons de la vigne est adossée au pignon de gauche ; elle est couverte en chaume et fait en quelque sorte le pendant de la cuisine. La propriété est entourée de murs et d'espaliers ; la vigne est plantée d'arbres fruitiers de toute espèce ; enfin pas un pouce de ce terrain précieux n'est perdu pour la culture. Si l'homme néglige un aride quartier de roche, la nature y jette soit un figuier, soit des fleurs champêtres, ou quelques fraisiers abrités par des pierres.

En aucun lieu du monde vous ne rencontreriez une demeure tout à la fois si modeste et si grande, si riche en fructifications, en parfums, en points de vue. Elle est, au cœur de la Touraine, une petite Touraine où toutes les fleurs, tous les fruits, toutes les beautés de ce pays sont complétement représentés. C'est les raisins de chaque contrée, les figues, les pêches, les poires de toutes les espèces, et des melons en plein champ aussi bien que la réglisse, les genêts d'Espagne, les lauriers-roses de l'Italie et les jasmins des Açores. La Loire est à vos pieds. Vous la dominez d'une terrasse élevée de trente toises au-dessus de ses eaux capricieuses ; le soir vous respirez ses brises venues fraîches de la mer et parfumées dans leur route par les fleurs des longues levées. Un nuage errant qui, à chaque pas dans l'espace, change de couleur et de forme, sous un ciel parfaitement bleu, donne mille aspects nouveaux à chaque détail des paysages magnifiques qui s'offrent aux regards, en quelque endroit que vous vous placiez. De là, les yeux embrassent d'abord la rive gauche de la Loire depuis Amboise ; la fertile plaine où s'élèvent Tours, ses faubourgs, ses fabriques, le Plessis ; puis, une partie de la rive gauche qui, depuis Vouvray jusqu'à Saint-Symphorien, décrit un demi-cercle de rochers pleins de joyeux vignobles. La vue n'est bornée que par les riches coteaux du Cher, horizon bleuâtre, chargé de parcs et de châteaux. Enfin, à l'ouest, l'âme se perd dans le fleuve immense sur lequel naviguent à toute heure les bateaux à voiles blanches, enflées par les vents qui règnent presque toujours dans ce vaste bassin. Un prince peut faire sa *villa* de la Grenadière, mais certes un poète en fera toujours son logis ; deux amants y verront le plus doux refuge, elle est la demeure d'un bon bourgeois de Tours ; elle a des poésies pour toutes les imaginations ; pour les plus humbles et les plus froides, comme pour les plus élevées et les plus passionnées : personne n'y reste sans y sentir l'atmosphère du bonheur, sans y comprendre toute une vie tranquille, dénuée d'ambition, de soins. La rêverie est dans l'air et dans le murmure des flots, les sables parlent, ils sont tristes ou gais, dorés ou ternes ; tout est mouvement autour du possesseur de cette vigne, immobile au milieu de ses fleurs vivaces et de ses fruits appétissants. Un Anglais donne mille francs pour habiter pendant six mois cette humble maison ; mais il s'engage à en respecter les récoltes : s'il veut les fruits, il en double le loyer ; si le vin lui fait envie, il double encore la somme. Que vaut donc la Grenadière avec sa rampe, son chemin creux, sa triple terrasse, ses deux arpents de vigne, ses balustrades de rosiers fleuris, son vieux perron, sa pompe, ses clématites échevelées et ses arbres cosmopolites ? N'offrez pas de prix ! La Grenadière ne sera jamais à vendre. Achetée une fois en 1690, et laissée à regret pour quarante mille francs, comme un cheval favori abandonné par l'Arabe du désert, elle est restée dans la même famille, elle en est l'orgueil, le joyau patrimonial, le Régent. Voir, n'est-ce pas avoir ? a dit un poète. De là vous voyez trois vallées de la Touraine et sa cathédrale suspendue dans les airs comme un ouvrage en filigrane. Peut-on payer de tels trésors ? Pourrez vous jamais payer la santé que vous recouvrez là sous les tilleuls ?

Au printemps d'une des plus belles années de la Restauration, une dame, accompagnée d'une femme de charge et de deux enfants, dont le plus jeune paraissait avoir huit ans et l'autre environ treize, vint à Tours y chercher une habitation. Elle vit la Grenadière et la loua. Peut-être la distance qui la séparait de la ville la décida-t-elle à s'y loger. Le salon lui servit de chambre à coucher, elle mit chaque enfant dans une des pièces du premier étage, et la femme de charge coucha dans un petit cabinet ménagé au-dessus de la cuisine. La salle à manger devint le salon commun à la petite famille et le lieu de réception. La maison fut meublée très-simplement, mais avec goût ; il n'y eut rien d'inutile ni rien qui sentît le luxe. Les meubles choisis par l'inconnue étaient en noyer, sans aucun ornement. La propreté, l'accord régnant entre l'intérieur et l'extérieur du logis en firent tout le charme.

Il fut donc assez difficile de savoir si madame Willemsens (nom que prit l'étrangère) appartenait à la riche bourgeoisie, à la haute noblesse ou à certaines classes équivoques de l'espèce féminine. Sa simplicité donnait matière aux suppositions les plus contradictoires, mais ses manières pouvaient confirmer celles qui lui étaient favorables. Aussi, peu de temps après son arrivée à Saint-Cyr, sa conduite réservée excita-t-elle l'intérêt des personnes oisives, habituées à observer en province tout ce qui semble devoir animer la sphère étroite où elles vivent. Madame Willemsens était une femme d'une taille assez élevée, mince et maigre, mais délicatement faite. Elle avait de jolis pieds, plus remarquables par la grâce avec laquelle ils étaient attachés que par leur étroitesse, mérite vulgaire ; puis des mains qui semblaient belles sous le gant. Quelques rougeurs foncées et mobiles couperosaient son teint blanc, jadis frais et coloré. Des rides précoces flétrissaient un front de forme élégante, couronné par de beaux cheveux châtains, bien plantés et toujours tressés en deux nattes circulaires, coiffure de vierge qui seyait à sa physionomie mélancolique. Ses yeux noirs, fortement cernés, creusés, pleins d'une ardeur fiévreuse, affectaient un calme menteur ; et par moments, si elle oubliait l'expression qu'elle s'était imposée, il s'y peignait de secrètes angoisses. Son visage ovale était un peu long ; mais peut-être autrefois le bonheur et la santé lui donnaient-ils de justes proportions. Un faux sourire, empreint d'une tristesse douce, errait habituellement sur ses lèvres pâles ; néanmoins sa bouche s'animait et son sourire exprimait les délices du sentiment maternel quand les deux enfants, par lesquels elle était toujours accompagnée, la regardaient ou lui faisaient une de ces questions intarissables et oiseuses, qui toutes ont un sens pour une mère. Sa démarche était lente et noble. Elle conserva la même mise avec une constance qui annonçait l'intention formelle de ne plus s'occuper de sa toilette et d'oublier le monde, par qui elle voulait sans doute être oubliée. Elle avait une robe noire très-longue, serrée par un ruban de moire, et par-dessus, en guise de châle, un fichu de batiste à large ourlet dont les deux bouts étaient négligemment passés dans sa ceinture. Chaussée avec un soin qui dénotait des habitudes d'élégance, elle portait des bas de soie gris qui complétaient la teinte de deuil répandue dans ce costume de convention. Enfin son chapeau, de forme anglaise et invariable, était en étoffe grise et orné d'un voile noir. Elle paraissait être d'une extrême faiblesse et très-souffrante. Sa seule promenade consistait à aller de la Grenadière au pont de Tours, où, quand la soirée était calme, elle venait avec les deux enfants respirer l'air frais de la Loire et admirer les effets produits par le soleil couchant dans ce paysage aussi vaste que l'est celui de la baie de Naples ou du lac de Genève. Durant le temps de son séjour à la Grenadière, elle ne se rendit que deux fois à Tours : ce fut d'abord pour prier le principal du collége de lui indiquer les meilleurs maîtres de latin, de mathématiques et de dessin ; puis pour déterminer avec les personnes qui lui furent désignées soit le prix de leurs leçons, soit les heures auxquelles ces leçons pourraient être données aux enfants. Mais il lui suffisait de se montrer une ou deux fois par semaine, le soir, sur le pont, pour exciter l'intérêt de presque tous les habitants de la ville, qui s'y promènent habituellement. Cependant, malgré l'espèce d'espionnage innocent que créent en province le désœuvrement et l'inquiète curiosité des principales sociétés, personne ne put obtenir de renseignements certains sur le rang que l'inconnue occupait dans le monde, ni sur sa fortune, ni même sur son état véritable. Seulement le propriétaire de la Grenadière apprit à quelques-uns de ses amis le nom, sans doute vrai, sous lequel l'inconnue avait contracté son bail. Elle s'appelait Augusta Willemsens, comtesse de Brandon. Ce nom devait être celui de son mari. Plus tard les derniers événements de cette histoire confirmèrent la véracité de cette révélation ; mais elle n'eut de publicité que dans le monde de commerçants fréquenté par le propriétaire. Ainsi madame Willemsens demeura constamment un mystère pour les gens de la bonne compagnie, et tout ce qu'elle leur permit de deviner en elle fut une nature distinguée, des manières simples, délicieusement naturelles, et un son de voix d'une douceur angélique. Sa profonde solitude, sa mélancolie et sa beauté si passionnément obscurcie, à demi flétrie même, avaient tant de charmes que plusieurs jeunes gens s'éprirent d'elle ; mais plus leur amour fut sincère, moins il fut audacieux : puis elle était imposante, il était difficile d'oser lui parler. Enfin, si quelques hommes hardis lui écrivirent, leurs lettres durent être brûlées sans avoir été ouvertes. Madame Willemsens jetait au feu toutes celles qu'elle recevait, comme si elle eût voulu passer sans le plus léger souci le temps de son séjour en Touraine. Elle semblait être venue dans sa ravissante retraite pour se livrer tout entière au bonheur de vivre. Les trois maîtres auxquels l'entrée de la Grenadière fut permise parlèrent avec une sorte d'admiration respectueuse du tableau touchant que présentait l'union intime et sans nuages de ces enfants et de cette femme.

Les deux enfants excitèrent également beaucoup d'intérêt, et les mères ne pouvaient pas les regarder sans envie. Tous deux ressemblaient à madame Willemsens, qui était en effet leur mère. Ils avaient l'un et l'autre ce teint transparent et ces vives couleurs, ces yeux purs et humides, ces longs cils, cette fraîcheur de formes qui impriment tant d'éclat aux beautés de l'enfance. L'aîné, nommé Louis-Gaston, avait les cheveux noirs et un regard plein de hardiesse. Tout en lui dénotait une santé robuste, de même que son front large et haut, heureusement bombé, semblait trahir un caractère énergique. Il était leste, adroit dans ses mouvements, bien découplé, n'avait rien d'emprunté, ne s'étonnait de rien, et paraissait réfléchir sur tout ce qu'il voyait. L'autre, nommé Marie-Gaston, était presque blond, quoique parmi ses cheveux quelques mèches fussent déjà cendrées et prissent la couleur des cheveux de sa mère. Marie avait les formes grêles, la délicatesse de traits, la finesse gracieuse, qui charmaient tant dans madame Willemsens. Il paraissait maladif : ses yeux gris lançaient un regard doux, ses couleurs étaient pâles. Il y avait de la femme en lui. Sa mère lui conservait encore la collerette brodée, les longues boucles frisées et la petite veste ornée de brandebourgs et d'olives qui revêt un jeune garçon d'une grâce indicible, et trahit ce plaisir de parure tout féminin dont s'amuse la mère autant que l'enfant peut-être. Ce joli costume contrastait avec la veste simple de l'aîné, sur laquelle se rabattait le col tout uni de sa chemise. Les pantalons, les brodequins, la couleur des habits étaient semblables et annonçaient deux frères aussi bien que leur ressemblance. Il était impossible en les voyant de n'être pas touché des soins de Louis pour Marie. L'aîné avait pour le second quelque chose de paternel dans le regard ; et Marie, malgré l'insouciance du jeune âge, semblait pénétré de reconnaissance pour Louis : c'était deux petites fleurs à peine séparées de leur tige, agitées par la même brise, éclairées par le même rayon de soleil, l'une colorée, l'autre étiolée à demi. Un mot, un regard, une inflexion de voix de leur mère suffisait pour les rendre attentifs, leur faire tourner la tête, écouter, entendre un ordre, une prière, une recommandation, et obéir. Madame Willemsens leur faisait toujours comprendre ses désirs, sa volonté, comme s'il y eût eu entre eux une pensée commune. Quand ils étaient, pendant la promenade, occupés à jouer en avant d'elle, cueillant une fleur, examinant un insecte, elle les contemplait avec un attendrissement si profond que le passant le plus indifférent se sentait ému, s'arrêtait pour voir les enfants, leur sourire, et saluer la mère par un coup d'œil d'ami. Qui n'eût pas admiré l'exquise propreté de leurs vêtements, leur joli son de voix, la grâce de leurs mouvements, leur physionomie heureuse et l'instinctive noblesse qui révélait en eux une éducation soignée dès le berceau ! Ces enfants semblaient n'avoir jamais ni crié ni pleuré. Leur mère avait comme une prévoyance électrique de leurs désirs, de leurs douleurs, les prévenant, les calmant sans cesse. Elle paraissait craindre une de leurs plaintes plus que sa condamnation éternelle. Tout dans ces enfants était un éloge pour leur mère ; et le tableau de leur triple vie, qui semblait une même vie, faisait naître des demi-pensées vagues et caressantes, image de ce bonheur que nous rêvons de goûter dans un monde meilleur. L'existence intérieure de ces trois créatures si harmonieuses s'accordait avec les idées que l'on concevait à leur aspect : c'était la vie d'ordre, régulière et simple qui convient à l'éducation des enfants. Tous deux se levaient une heure après la venue du jour, récitaient d'abord une courte prière, habitude de leur enfance, paroles vraies, dites pendant sept ans sur le lit de leur mère, commencées et finies entre deux baisers. Puis les deux frères, accoutumés sans doute à ces soins minutieux de la personne, si nécessaires à la santé du corps, à la pureté de l'âme et qui donnent en quelque sorte la conscience du bien-être, faisaient une toilette aussi scrupuleuse que peut l'être celle d'une jolie femme. Ils ne manquaient à rien, tant ils avaient peur l'un et l'autre d'un reproche, quelque tendrement qu'il leur fût adressé par leur mère quand, en les embrassant, elle leur disait au déjeuner suivant la circonstance : – Mes chers anges, où donc avez-vous pu déjà vous noircir les ongles ? Tous deux descendaient alors au jardin, y secouaient les impressions de la nuit dans la rosée et la fraîcheur, en attendant que la femme de charge eût préparé le salon commun, où ils allaient étudier leurs leçons jusqu'au lever de leur mère. Mais de moment en moment ils en épiaient le réveil, quoiqu'ils ne dussent entrer dans sa chambre qu'à une heure convenue. Cette irruption matinale, toujours faite en contravention au pacte primitif, était toujours une scène délicieuse et pour eux et pour madame Willemsens. Marie sautait sur le lit pour passer ses bras autour de son idole, tandis que Louis, agenouillé au chevet, prenait la main de sa mère. C'était alors des interrogations inquiètes, comme un amant en trouve pour sa maîtresse ; puis des rires d'anges, des caresses tout à la fois passionnées et pures, des silences éloquents, des bégaiements, des histoires enfantines interrompues et reprises par des baisers, rarement achevées, toujours écoutées...

– Ayez-vous bien travaillé ? demandait la mère, mais d'une voix douce et amie, près de plaindre la fainéantise comme un malheur, prête à lancer un regard mouillé de larmes à celui qui se trouvait content de lui-même. Elle savait que ses enfants étaient animés par le désir de lui plaire ; eux savaient que leur mère ne vivait que pour eux, les conduisait dans la vie avec toute l'intelligence de l'amour et leur donnait toutes ses pensées, toutes ses heures. Un sens merveilleux, qui n'est encore ni l'égoïsme ni la raison, qui est peut-être le sentiment dans sa première candeur, apprend aux enfants s'ils sont ou non l'objet de soins exclusifs, et si l'on s'occupe d'eux avec bonheur. Les aimez-vous bien ? ces chères créatures, tout franchise et tout justice, sont alors admirablement reconnaissantes. Elles aiment avec passion, avec jalousie, ont les délicatesses les plus gracieuses, trouvent à dire les mots les plus tendres ; elles sont confiantes, elles croient en tout à vous. Aussi peut-être n'y a-t-il pas de mauvais enfants sans mauvaises mères ; car l'affection qu'ils ressentent est toujours en raison de celle qu'ils ont éprouvée, des premiers soins qu'ils ont reçus, des premiers mots qu'ils ont entendus, des premiers regards où ils ont cherché l'amour et la vie. Tout devient alors attrait ou tout est répulsion. Dieu a mis les enfants au sein de la mère pour lui faire comprendre qu'ils devaient y rester long-temps. Cependant il se rencontre des mères cruellement méconnues, de tendres et sublimes tendresses constamment froissées : effroyables ingratitudes, qui prouvent combien il est difficile d'établir des principes absolus en fait de sentiment. Il ne manquait dans le cœur de cette mère et dans ceux de ses fils aucun des mille liens qui devaient les attacher les uns aux autres. Seuls sur la terre, ils y vivaient de la même vie et se comprenaient bien. Quand au matin madame Willemsens demeurait silencieuse, Louis et Marie se taisaient en respectant tout d'elle, même les pensées qu'ils ne partageaient pas. Mais l'aîné, doué d'une pensée déjà forte, ne se contentait jamais des assurances de bonne santé que lui donnait sa mère : il en étudiait le visage avec une sombre inquiétude, ignorant le danger, mais le pressentant lorsqu'il voyait autour de ses yeux cernés des teintes violettes, lorsqu'il apercevait leurs orbites plus creuses et les rougeurs du visage plus enflammées. Plein d'une sensibilité vraie, il devinait quand les jeux de Marie commençaient à la fatiguer, et il savait alors dire à son frère : – Viens, Marie, allons déjeuner, j'ai faim.

Mais en atteignant la porte, il se retournait pour saisir l'expression de la figure de sa mère qui pour lui trouvait encore un sourire ; et, souvent même des larmes roulaient dans ses yeux, quand un geste de son enfant lui révélait un sentiment exquis, une précoce entente de la douleur.

Le temps destiné au premier déjeuner de ses enfants et à leur récréation était employé par madame Willemsens à sa toilette ; car elle avait de la coquetterie pour ses chers petits, elle voulait leur plaire, leur agréer en toute chose, être pour eux gracieuse à voir ; être pour eux attrayante comme un doux parfum auquel on revient toujours. Elle se tenait toujours prête pour les répétitions qui avaient lieu entre dix et trois heures, mais qui étaient interrompues à midi par un second déjeuner fait en commun sous le pavillon du jardin. Après ce repas, une heure était accordée aux jeux, pendant laquelle l'heureuse mère, la pauvre femme restait couchée sur un long divan placé dans ce pavillon d'où l'on découvrait cette douce Touraine incessamment changeante, sans cesse rajeunie par les mille accidents du jour, du ciel, de la saison. Ses deux enfants trottaient à travers le clos, grimpaient sur les terrasses, couraient après les lézards, groupés eux-mêmes et agiles comme le lézard ; ils admiraient des graines, des fleurs, étudiaient des insectes, et venaient demander raison de tout à leur mère. C'était alors des allées et venues perpétuelles au pavillon. À la campagne, les enfants n'ont pas besoin de jouets, tout leur est occupation. Madame Willemsens assistait aux leçons en faisant de la tapisserie. Elle restait silencieuse, ne regardait ni les maîtres ni les enfants, elle écoutait avec attention comme pour tâcher de saisir le sens des paroles et savoir vaguement si Louis acquérait de la force : embarrassait-il son maître par une question, et accusait-il ainsi un progrès ? les yeux de la mère s'animaient alors, elle souriait, elle lui lançait un regard empreint d'espérance. Elle exigeait peu de chose de Marie. Ses vœux étaient pour l'aîné auquel elle témoignait une sorte de respect, employant tout son tact de femme et de mère à lui élever l'âme, à lui donner une haute idée de lui-même. Cette conduite cachait une pensée secrète que l'enfant devait comprendre un jour et qu'il comprit. Après chaque leçon, elle reconduisait les maîtres jusqu'à la première porte, et là, leur demandait consciencieusement compte des études de Louis. Elle était si affectueuse et si engageante que les répétiteurs lui disaient la vérité, pour l'aider à faire travailler Louis sur les points où il leur paraissait faible. Le dîner venait ; puis, le jeu, la promenade, enfin le soir, les leçons s'apprenaient.

Telle était leur vie, vie uniforme, mais pleine, où le travail et les distractions heureusement mêlés ne laissaient aucune place à l'ennui. Les découragements et les querelles étaient impossibles. L'amour sans bornes de la mère rendait tout facile. Elle avait donné la discrétion à ses deux fils en ne leur refusant jamais rien, du courage en les louant à propos, de la résignation en leur faisant apercevoir la Nécessité sous toutes ses formes ; elle en avait développé, fortifié l'angélique nature avec un soin de fée. Parfois, quelques larmes humectaient ses yeux ardents, quand, en les voyant jouer, elle pensait qu'ils ne lui avaient pas causé le moindre chagrin. Un bonheur étendu, complet, ne nous fait ainsi pleurer que parce qu'il est une image du ciel duquel nous avons tous de confuses perceptions. Elle passait des heures délicieuses couchée sur son canapé champêtre, voyant un beau jour, une grande étendue d'eau, un pays pittoresque, entendant la voix de ses enfants, leurs rires renaissant dans le rire même, et leurs petites querelles où éclataient leur union, le sentiment paternel de Louis pour Marie, et l'amour de tous deux pour elle. Tous deux ayant eu, pendant leur première enfance, une bonne anglaise, parlaient également bien le français et l'anglais ; aussi leur mère se servait-elle alternativement des deux langues dans la conversation. Elle dirigeait admirablement bien leurs jeunes âmes, ne laissaient entrer dans leur entendement aucune idée fausse, dans le cœur aucun principe mauvais. Elle les gouvernait par la douceur, ne leur cachant rien, leur expliquant tout. Lorsque Louis désirait lire, elle avait soin de lui donner des livres intéressants, mais exacts. C'était la vie des marins célèbres, les biographies des grands hommes, des capitaines illustres, trouvant dans les moindres détails de ces sortes de livres mille occasions de lui expliquer prématurément le monde et la vie ; insistant sur les moyens dont s'étaient servis les gens obscurs, mais réellement grands, partis, sans protecteurs, des derniers rangs de la société, pour parvenir à de nobles destinées. Ces leçons, qui n'étaient pas les moins utiles, se donnaient le soir quand le petit Marie s'endormait sur les genoux de sa mère, dans le silence d'une belle nuit, quand la Loire réfléchissait les cieux ; mais elles redoublaient toujours la mélancolie de cette adorable femme, qui finissait toujours par se taire et par rester immobile, songeuse, les yeux pleins de larmes.

– Ma mère, pourquoi pleurez-vous ? lui demanda Louis par une riche soirée du mois de juin, au moment où les demi-teintes d'une nuit doucement éclairée succédaient à un jour chaud.

– Mon fils, répondit-elle en attirant par le cou l'enfant dont l'émotion cachée la toucha vivement, parce que le sort pauvre d'abord de Jameray Duval, parvenu sans secours, est le sort que je t'ai fait à toi et à ton frère. Bientôt, mon cher enfant, vous serez seuls sur la terre, sans appui, sans protections. Je vous y laisserai petits encore, et je voudrais cependant te voir assez fort, assez instruit pour servir de guide à Marie. Et je n'en aurai pas le temps. Je vous aime trop pour ne pas être bien malheureuse par ces pensées. Chers enfants, pourvu que vous ne me maudissiez pas un jour...

– Et pourquoi vous maudirais-je un jour, ma mère ?

– Un jour, pauvre petit, dit-elle en le baisant au front, tu reconnaîtras que j'ai eu des torts envers vous. Je vous abandon-

nerai, ici, sans fortune, sans... Elle hésita. – Sans un père, reprit-elle.

À ce mot, elle fondit en larmes, repoussa doucement son
fils qui, par une sorte d'intuition, devina que sa mère voulait
être seule, et il emmena Marie à moitié endormi. Puis, une
heure après, quand son frère fut couché, Louis revint à pas dis-
crets vers le pavillon où était sa mère. Il entendit alors ces mots
prononcés par une voix délicieuse à son cœur : – Viens, Louis ?

L'enfant se jeta dans les bras de sa mère, et ils
s'embrassèrent presque convulsivement.

– Ma chérie, dit-il enfin, car il lui donnait souvent ce nom
trouvant même les mots de l'amour trop faibles pour exprimer
ses sentiments ; ma chérie, pourquoi crains-tu donc de mourir ?

– Je suis malade, pauvre ange aimé, chaque jour mes forces se perdent, et mon mal est sans remède : je le sais.

– Quel est donc votre mal ?

– Je dois l'oublier ; et toi, tu ne dois jamais savoir la cause
de ma mort.

L'enfant resta silencieux pendant un moment, jetant à la
dérobée des regards sur sa mère, qui, les yeux levés au ciel, en
contemplait les nuages. Moment de douce mélancolie ! Louis ne
croyait pas à la mort prochaine de sa mère, mais il en ressentait
les chagrins sans les deviner. Il respecta cette longue rêverie.
Moins jeune, il aurait lu sur ce visage sublime quelques pensées
de repentir mêlées à des souvenirs heureux, toute une vie de
femme : une enfance insouciante, un mariage froid, une passion
terrible, des fleurs nées dans un orage, abîmées par la foudre,
dans un gouffre d'où rien ne saurait revenir.

– Ma mère aimée, dit enfin Louis, pourquoi me cachez-vous vos souffrances ?

– Mon fils, répondit-elle, nous devons ensevelir nos peines aux yeux des étrangers, leur montrer un visage riant, ne jamais leur parler de nous, nous occuper d'eux : ces maximes pratiquées en famille y sont une des causes du bonheur. Tu auras à souffrir beaucoup un jour ! Eh ! bien, souviens-toi de ta pauvre mère qui se mourait devant toi en te souriant toujours, et te cachait ses douleurs ; tu te trouveras alors du courage pour supporter les maux de la vie.

En ce moment, dévorant ses larmes, elle tâcha de révéler à son fils le mécanisme de l'existence, la valeur, l'assiette, la consistance des fortunes, les rapports sociaux, les moyens honorables d'amasser l'argent nécessaire aux besoins de la vie, et la nécessité de l'instruction. Puis elle lui apprit une des causes de sa tristesse habituelle et de ses pleurs, en lui disant que, le lendemain de sa mort, lui et Marie seraient dans le plus grand dénuement, ne possédant, à eux deux, qu'une faible somme, n'ayant plus d'autre protecteur que Dieu.

– Comme il faut que je me dépêche d'apprendre ! s'écria l'enfant en lançant à sa mère un regard plaintif et profond.

– Ah ! que je suis heureuse, dit-elle en couvrant son fils de baisers et de larmes. Il me comprend ! – Louis, ajouta-t-elle, tu seras le tuteur de ton frère, n'est-ce pas, tu me le promets ? Tu n'es plus un enfant !

– Oui, répondit-il, mais vous ne mourrez pas encore, dites ?

– Pauvres petits, répondit-elle, mon amour pour vous me soutient ! Puis ce pays est si beau, l'air y est si bienfaisant, peut-être...

– Vous me faites encore mieux aimer la Touraine, dit l'enfant tout ému.

Depuis ce jour où madame Willemsens, prévoyant sa mort prochaine, avait parlé à son fils aîné de son sort à venir, Louis, qui avait achevé sa quatorzième année, devint moins distrait, plus appliqué, moins disposé à jouer qu'auparavant. Soit qu'il sût persuader à Marie de lire au lieu de se livrer à des distractions bruyantes, les deux enfants firent moins de tapage à travers les chemins creux, les jardins, les terrasses étagées de la Grenadière. Ils conformèrent leur vie à la pensée mélancolique de leur mère dont le teint pâlissait de jour en jour, en prenant des teintes jaunes, dont le front se creusait aux tempes, dont les rides devenaient plus profondes de nuit en nuit.

Au mois d'août, cinq mois après l'arrivée de la petite famille à la Grenadière, tout y avait changé. Observant les symptômes encore légers de la lente dégradation qui minait le corps de sa maîtresse soutenue seulement par une âme passionnée et un excessif amour pour ses enfants, la vieille femme de charge était devenue sombre et triste : elle paraissait posséder le secret de cette mort anticipée. Souvent, lorsque sa maîtresse, belle encore, plus coquette qu'elle ne l'avait jamais été, parant son corps éteint et mettant du rouge, se promenait sur la haute terrasse, accompagnée de ses deux enfants ; la vieille Annette, passait la tête entre les deux sabines de la pompe, oubliait son ouvrage commencé, gardait son linge à la main, et retenait à peine ses larmes en voyant une madame Willemsens si peu semblable à la ravissante femme qu'elle avait connue.

Cette jolie maison, d'abord si gaie, si animée, semblait être devenue triste ; elle était silencieuse, les habitants en sortaient rarement, madame Willemsens ne pouvait plus aller se promener au pont de Tours sans de grands efforts. Louis, dont l'imagination s'était tout à coup développée, et qui s'était identifié pour ainsi dire à sa mère, en ayant deviné la fatigue et les douleurs sous le rouge, inventait toujours des prétextes pour ne pas faire une promenade devenue trop longue pour sa mère. Les couples joyeux qui allaient alors à Saint-Cyr, la petite Courtille de Tours, et les groupes de promeneurs voyaient au-dessus de la levée, le soir, cette femme pâle et maigre, tout en deuil, à demi consumée, mais encore brillante, passant comme un fantôme le long des terrasses. Les grandes souffrances se devinent. Aussi le ménage du closier était-il devenu silencieux. Quelquefois le paysan, sa femme et ses deux enfants, se trouvaient groupés à la porte de leur chaumière ; Annette lavait au puits ; madame et ses enfants étaient sous le pavillon ; mais on n'entendait pas le moindre bruit dans ces gais jardins ; et, sans que madame Willemsens s'en aperçût, tous les yeux attendris la contemplaient. Elle était si bonne, si prévoyante, si imposante pour ceux qui l'approchaient ! Quant à elle, depuis le commencement de l'automne, si beau, si brillant en Touraine, et dont les bienfaisantes influences, les raisins, les bons fruits devaient prolonger la vie de cette mère au delà du terme fixé par les ravages d'un mal inconnu, elle ne voyait plus que ses enfants, et en jouissait à chaque heure comme si c'eût été la dernière.

Depuis le mois de juin jusqu'à la fin de septembre, Louis travailla pendant la nuit à l'insu de sa mère, et fit d'énormes progrès ; il était arrivé aux équations du second degré en algèbre, avait appris la géométrie descriptive, dessinait à merveille ; enfin, il aurait pu soutenir avec succès l'examen imposé aux jeunes gens qui veulent entrer à l'école Polytechnique. Quelquefois, le soir, il allait se promener sur le pont de Tours, où il avait rencontré un lieutenant de vaisseau mis en demi-solde : la figure mâle, la décoration, l'allure de ce marin de l'empire avaient agi sur son imagination. De son côté, le marin s'était pris d'amitié pour un jeune homme dont les yeux pétillaient d'énergie. Louis, avide de récits militaires et curieux de renseignements, venait flâner dans les eaux du marin pour causer avec lui. Le lieutenant en demi-solde avait pour ami et pour compagnon un colonel d'infanterie, proscrit comme lui des cadres de l'armée, le jeune Gaston pouvait donc tour à tour apprendre la vie des camps et la vie des vaisseaux. Aussi accablait-il de questions les deux militaires. Puis, après avoir, par avance, épousé leurs malheurs et leur rude existence, il demanda à sa mère la permission de voyager dans le canton pour se distraire. Or comme les maîtres étonnés disaient à madame Willemsens que son fils travaillait trop, elle accueillait cette demande avec un plaisir infini. L'enfant faisait donc des courses énormes. Voulant s'endurcir à la fatigue, il grimpait aux arbres les plus élevés avec une incroyable agilité ; il apprenait à nager ; il veillait. Il n'était plus le même enfant, c'était un jeune homme sur le visage duquel le soleil avait jeté son hâle brun, et où je ne sais quelle pensée profonde apparaissait déjà.

Le mois d'octobre vint, madame Willemsens ne pouvait plus se lever qu'à midi, quand les rayons du soleil, réfléchis par les eaux de la Loire et concentrés dans les terrasses, produisaient à la Grenadière cette température égale à celle des chaudes et tièdes journées de la baie de Naples, qui font recommander son habitation par les médecins du pays. Elle venait alors s'asseoir sous un des arbres verts, et ses deux fils ne s'écartaient plus d'elle. Les études cessèrent, les maîtres furent congédiés. Les enfants et la mère voulurent vivre au cœur les uns des autres, sans soins, sans distractions. Il n'y avait plus ni pleurs ni cris joyeux. L'aîné, couché sur l'herbe près de sa mère, restait sous son regard comme un amant, et lui baisait les pieds. Marie, inquiet, allait lui cueillir des fleurs, les lui apportait d'un air triste, et s'élevait sur la pointe des pieds pour prendre sur ses lèvres un baiser de jeune fille. Cette femme blanche, aux grands yeux noirs, tout abattue, lente dans ses mouvements, ne se plaignant jamais, souriant à ses deux enfants bien vivants, d'une belle santé, formaient un tableau sublime auquel ne manquaient ni les pompes mélancoliques de l'automne avec ses feuilles jaunies et ses arbres à demi dépouillés, ni la lueur adoucie du soleil et les nuages blancs du ciel de Touraine.

Enfin madame Willemsens fut condamnée par un médecin à ne pas sortir de sa chambre. Sa chambre fut chaque jour embellie des fleurs qu'elle aimait, et ses enfants y demeurèrent. Dans les premiers jours de novembre, elle toucha du piano pour la dernière fois. Il y avait un paysage de Suisse au-dessus du piano. Du côté de la fenêtre, ses deux enfants, groupés l'un sur l'autre, lui montrèrent leurs têtes confondues. Ses regards allèrent alors constamment de ses enfants au paysage et du paysage à ses enfants. Son visage se colora, ses doigts coururent avec passion sur les touches d'ivoire. Ce fut sa dernière fête, fête inconnue, fête célébrée dans les profondeurs de son âme par le génie des souvenirs. Le médecin vint, et lui ordonna de garder le lit. Cette sentence effrayante fut reçue par la mère et par les deux fils dans un silence presque stupide.

Quand le médecin s'en alla : – Louis, dit-elle, conduis moi sur la terrasse, que je voie encore mon pays.

À cette parole proférée simplement, l'enfant donna le bras à sa mère et l'amena au milieu de la terrasse. Là ses yeux se portèrent, involontairement peut-être, plus sur le ciel que sur la terre ; mais il eût été difficile de décider en ce moment où étaient les plus beaux paysages, car les nuages représentaient vaguement les plus majestueux glaciers des Alpes. Son front se plissa violemment, ses yeux prirent une expression de douleur et de remords, elle saisit les deux mains de ses enfants et les appuya sur son cœur violemment agité : – *Père et mère inconnus !* s'écria-t-elle en leur jetant un regard profond. Pauvres anges ! que deviendrez-vous ? Puis, à vingt ans, quel compte sévère ne me demanderez-vous pas de ma vie et de la vôtre ?

Elle repoussa ses enfants, se mit les deux coudes sur la balustrade, se cacha le visage dans les mains, et resta là pendant un moment seule avec elle-même, craignant de se laisser voir. Quand elle se réveilla de sa douleur, elle trouva Louis et Marie agenouillés à ses côtés comme deux anges ; ils épiaient ses regards, et tous deux lui sourirent doucement.

– Que ne puis-je emporter ce sourire ! dit-elle en essuyant ses larmes.

Elle rentra pour se mettre au lit, et n'en devait sortir que couchée dans le cercueil.

Huit jours se passèrent, huit jours tout semblables les uns aux autres. La vieille Annette et Louis restaient chacun à leur tour pendant la nuit auprès de madame Willemsens, les yeux attachés sur ceux de la malade. C'était à toute heure ce drame profondément tragique, et qui a lieu dans toutes les familles lorsqu'on craint, à chaque respiration trop forte d'une malade adorée, que ce ne soit la dernière. Le cinquième jour de cette fatale semaine, le médecin proscrivit les fleurs. Les illusions de la vie s'en allaient une à une.

Depuis ce jour, Marie et son frère trouvèrent du feu sous leurs lèvres quand ils venaient baiser leur mère au front. Enfin le samedi soir, madame Willemsens ne pouvant supporter aucun bruit, il fallut laisser sa chambre en désordre. Ce défaut de soin fut un commencement d'agonie pour cette femme élégante, amoureuse de grâce. Louis ne voulut plus quitter sa mère. Pendant la nuit du dimanche, à la clarté d'une lampe et au milieu du silence le plus profond, Louis, qui croyait sa mère assoupie, lui vit écarter le rideau d'une main blanche et moite.

– Mon fils, dit-elle.

L'accent de la mourante eut quelque chose de si solennel que son pouvoir venu d'une âme agitée réagit violemment sur l'enfant, il sentit une chaleur exorbitante dans la moelle de ses os.

– Que veux-tu, ma mère ?

– Écoute-moi. Demain, tout sera fini pour moi. Nous ne nous verrons plus. Demain, tu seras un homme, mon enfant. Je suis donc obligée de faire quelques dispositions qui soient un secret entre nous deux. Prends la clef de ma petite table. Bien ! Ouvre le tiroir. Tu trouveras à gauche deux papiers cachetés. Sur l'un, il y a : – Louis. Sur l'autre : – Marie.

– Les voici, ma mère.

– Mon fils chéri, c'est vos deux actes de naissance ; ils vous seront nécessaires. Tu les donneras à garder à ma pauvre vieille Annette, qui vous les rendra quand vous en aurez besoin.

– Maintenant, reprit-elle, n'y a-t-il pas au même endroit un papier sur lequel j'ai écrit quelques lignes ?

– Oui, ma mère.

Et Louis commençant à lire : – *Marie Willemsens, née à...*

– Assez, dit-elle vivement. Ne continue pas. Quand je serai morte, mon fils, tu remettras encore ce papier à Annette, et tu lui diras de le donner à la mairie de Saint-Cyr, où il doit servir à faire dresser exactement mon acte de décès. Prends ce qu'il faut pour écrire une lettre que je vais te dicter.

Quand elle vit son fils prêt, et qu'il se tourna vers elle comme pour l'écouter, elle dit d'une voix calme : *Monsieur le comte, votre femme lady Brandon est morte à Saint-Cyr, près de Tours, département d'Indre-et-Loire. Elle vous a pardonné.*

– Signe...

Elle s'arrêta, indécise, agitée.

– Souffrez-vous davantage ? demanda Louis.

– Signe : *Louis-Gaston* !

Elle soupira, puis reprit : – Cachète la lettre, et écris l'adresse suivante : à lord Brandon. Brandon-Square. Hyde-Park, Londres. Angleterre.

– Bien, reprit-elle. Le jour de ma mort tu feras affranchir cette lettre à Tours.

– Maintenant, dit-elle après une pause, prends le petit portefeuille que tu connais, et viens près de moi, mon cher enfant.

– Il y a là, dit-elle, quand Louis eut repris sa place, douze mille francs. Ils sont bien à vous, hélas ! Vous eussiez été plus riches, si votre père...

– Mon père, s'écria l'enfant, où est-il ?

– Mort, dit-elle en mettant un doigt sur ses lèvres, mort pour me sauver l'honneur et la vie.

Elle leva les yeux au ciel. Elle eût pleuré, si elle avait encore eu des larmes pour les douleurs.

– Louis, reprit-elle, jurez-moi là, sur ce chevet, d'oublier ce que vous avez écrit et ce que je vous ai dit.

– Oui, ma mère.

– Embrasse-moi, cher ange.

Elle fit une longue pause, comme pour puiser du courage en Dieu et mesurer ses paroles aux forces qui lui restaient.

– Écoute. Ces douze mille francs sont toute votre fortune ; il faut que tu les gardes sur toi, parce que quand je serai morte il viendra des gens de justice qui fermeront tout ici. Rien ne vous y appartiendra, pas même votre mère ! Et vous n'aurez plus, pauvres orphelins, qu'à vous en aller, Dieu sait où. J'ai assuré le sort d'Annette. Elle aura cent écus tous les ans, et restera sans doute à Tours. Mais que feras-tu de toi et de ton frère ?

Elle se mit sur son séant et regarda l'enfant intrépide, qui la sueur au front, pâle d'émotions, les yeux à demi voilés par les pleurs, restait debout devant son lit.

– Mère, répondit-il d'un son de voix profond, j'y ai pensé. Je conduirai Marie au collége de Tours. Je donnerai dix mille francs à la vieille Annette en lui disant de les mettre en sûreté et de veiller sur mon frère. Puis, avec les cent louis qui resteront, j'irai à Brest, je m'embarquerai comme novice. Pendant que Marie étudiera, je deviendrai lieutenant de vaisseau. Enfin, meurs tranquille, ma mère, va : je reviendrai riche, je ferai entrer notre petit à l'École Polytechnique, où je le dirigerai suivant ses goûts.

Un éclair de joie brilla dans les yeux à demi éteints de la mère, deux larmes en sortirent, roulèrent sur ses joues enflammées ; puis, un grand soupir s'échappa de ses lèvres, et elle faillit mourir victime d'un accès de joie, en trouvant l'âme du père dans celle de son fils devenu homme tout à coup.

– Ange du ciel, dit-elle en pleurant, tu as effacé par un mot toutes mes douleurs. Ah ! je puis souffrir. – C'est mon fils, reprit-elle, j'ai fait, j'ai élevé cet homme !

Et elle leva ses mains en l'air et les joignit comme pour exprimer une joie sans bornes : puis elle se coucha.

– Ma mère, vous pâlissez ! s'écria l'enfant.

– Il faut aller chercher un prêtre, répondit-elle d'une voix mourante.

Louis réveilla la vieille Annette, qui, tout effrayée, courut au presbytère de Saint-Cyr.

Dans la matinée, madame Willemsens reçut les sacrements au milieu du plus touchant appareil. Ses enfants, Annette et la famille du closier, gens simples déjà devenus de la famille, étaient agenouillés. La croix d'argent, portée par un humble enfant de chœur, un enfant de chœur de village ! s'élevait devant le lit, et un vieux prêtre administrait le viatique à la mère mourante. Le viatique ! mot sublime, idée plus sublime encore que le mot, et que possède seule la religion apostolique de l'église romaine.

– Cette femme a bien souffert ! dit le curé dans son simple langage.

Marie Willemsens n'entendait plus ; mais ses yeux restaient attachés sur ses deux enfants. Chacun en proie à la terreur écoutait dans le plus profond silence les aspirations de la mourante, qui déjà s'étaient ralenties. Puis, par intervalles, un soupir profond annonçait encore la vie en trahissant un débat intérieur. Enfin, la mère ne respira plus. Tout le monde fondit en larmes, excepté Marie. Le pauvre enfant était encore trop jeune pour comprendre la mort. Annette et la closière fermèrent les yeux à cette adorable créature dont alors la beauté reparut dans tout son éclat. Elles renvoyèrent tout le monde, ôtèrent les meubles de la chambre, mirent la morte dans son linceul, la couchèrent, allumèrent des cierges autour du lit, disposèrent le bénitier, la branche de buis et le crucifix, suivant la coutume du pays, poussèrent les volets, étendirent les rideaux ; puis le vicaire vint plus tard passer la nuit en prières avec Louis, qui ne voulut point quitter sa mère. Le mardi matin l'enterrement se fit. La vieille femme, les deux enfants, accompagnés de la closière, suivirent seuls le corps d'une femme dont l'esprit, la beauté, les grâces avaient une renommée européenne, et dont à Londres le convoi eût été une nouvelle pompeusement enregistrée dans les journaux, une sorte de solennité aristocratique, si elle n'eût pas commis le plus doux des crimes, un crime toujours puni sur cette terre, afin que ces anges pardonnés entrent dans le ciel. Quand la terre fut jetée sur le cercueil de sa mère, Marie pleura, comprenant alors qu'il ne la verrait plus.

Une simple croix de bois, plantée sur sa tombe, porta cette inscription due au curé de Saint-Cyr.

CY GÎT
UNE FEMME MALHEUREUSE,
morte à trente-six ans,
AYANT NOM AUGUSTA DANS LES CIEUX.

Priez pour elle !

Lorsque tout fut fini, les deux enfants vinrent à la Grenadière, jetèrent sur l'habitation un dernier regard ; puis, se tenant par la main, ils se disposèrent à la quitter avec Annette, confiant tout aux soins du closier, et le chargeant de répondre à la justice.

Ce fut alors que la vieille femme de charge appela Louis sur les marches de la pompe, le prit à part et lui dit : – Monsieur Louis, voici l'anneau de madame !

L'enfant pleura, tout ému de retrouver un vivant souvenir de sa mère morte. Dans sa force, il n'avait point songé à ce soin suprême. Il embrassa la vieille femme. Puis ils partirent tous trois par le chemin creux, descendirent la rampe et allèrent à Tours sans détourner la tête.

– Maman venait par là, dit Marie en arrivant au pont.

Annette avait une vieille cousine, ancienne couturière retirée à Tours, rue de la Guerche. Elle mena les deux enfants dans la maison de sa parente avec laquelle elle pensait à vivre en commun. Mais Louis lui expliqua ses projets, lui rendit l'acte de naissance de Marie et les dix mille francs ; puis, accompagné de la vieille femme de charge, il conduisit le lendemain son frère au collége. Il mit le principal au fait de sa situation, mais fort succinctement, et sortit en emmenant son frère jusqu'à la porte. Là, il lui fit solennellement les recommandations les plus tendres en lui annonçant sa solitude dans le monde ; et, après l'avoir contemplé pendant un moment, il l'embrassa, le regarda encore, essuya une larme, et partit en se retournant à plusieurs reprises pour voir jusqu'au dernier moment son frère resté sur le seuil du collége.

Un mois après, Louis Gaston était en qualité de novice à bord d'un vaisseau de l'État, et sortait de la rade de Rochefort. Appuyé sur le bastingage de la corvette *l'Iris*, il regardait les côtes de France qui fuyaient rapidement et s'effaçaient dans la ligne bleuâtre de l'horizon. Bientôt il se trouva seul et perdu au milieu de l'Océan, comme il l'était dans le monde et dans la vie.

– Il ne faut pas pleurer, jeune homme ! il y a un Dieu pour tout le monde, lui dit un vieux matelot de sa grosse voix tout à la fois rude et bonne.

L'enfant remercia cet homme par un regard plein de fierté. Puis il baissa la tête en se résignant à la vie des marins. Il était devenu père.

Angoulême, août 1832.